M. Adrien BAYSSELLANCE

Ingénieur en chef de la marine en retraite,
Maire de Bordeaux de 1888 à 1892,
Commandeur de la Légion d'honneur,
Titulaire de la Couronne Civique de la Société d'Encouragement au Bien,
Membre du Conseil presbytéral de l'Association cultuelle de Bordeaux
de l'Église réformée de France.

Né à La Négrie, commune de Queyssac (Dordogne), le 24 mai 1829.

ALLOCUTION

aux Obsèques de M. Adrien BAYSSELLANCE

LE 29 JUILLET 1907

AU TEMPLE DE LA RUE DU HA, A BORDEAUX

Par M. le Pasteur P. MORIZE

Président du Consistoire de Bergerac.

MES FRÈRES,

A Dieu seul soit la gloire du bien accompli par ses meilleurs enfants! Il ne serait pas conforme à nos traditions, il répugnerait à notre ministère de demander au style des oraisons funèbres les paroles qui doivent évoquer ici le souvenir du grand citoyen qui vient de disparaître; mais il est juste, il est nécessaire, à l'heure où se clôt pour la terre la droite et belle existence de M. Bayssellance, que la voix d'un seul exprime, au nom de tous, les sentiments d'affection, de respect, il faudrait dire d'admiration, qui sont au cœur de tous.

Enfin, il faut que cette parole soit une parole chrétienne, parce que notre ami était chrétien, résolument chrétien. Il aurait pu, ce libre esprit, demander à d'autres traditions religieuses ou philosophiques les inspirations que toute âme d'homme conscient de ses ignorances et de ses misères désire et recherche, mais il avait fixé son choix; le Christ s'était imposé à lui. Dans la robuste sincérité de sa foi, notre frère eût dit, à sa manière, à Celui auquel il reconnaissait la Maîtrise spirituelle: « Je n'irai pas à d'autres qu'à toi, tu as des paroles de Vie éternelle... »

***

Personne ne s'étonnera, je m'assure, parmi ceux qui se sont réunis dans cette maison de prière, que ce soit surtout le chrétien dont j'évoque aujourd'hui le souvenir et que je cherche à retrouver dans toutes les manifestations de sa vie publique, de sa pensée intime, l'inspiration chrétienne. Car M. Bayssellance, sans rien sacrifier des exigences rationnelles de la pensée moderne, croyait à la vertu et à l'éternelle jeunesse du vieil Évangile. Dès le début de sa vie, il lui demanda et son orientation morale définitive et la volonté d'y persévérer, c'est-à-dire l'*inspiration* supérieure et la *méthode* dans l'action. Il ne paraît pas qu'il s'en soit jamais repenti !

Disons-le hautement : c'est là qu'il faut chercher l'explication de l'unité et de l'harmonie de la vie de notre vénéré frère, M. Bayssellance. N'essayez pas de la trouver ailleurs, elle est *là*, incontestablement. Certes ! je ne prétends pas — et vous m'avez compris — qu'il faille nécessairement partager les idées personnelles de M. Bayssellance sur le christianisme pour vivre une noble vie comme la sienne... Je sais bien qu'il y a des « athées qui feraient croire en Dieu »[1], et que des hommes qui ne sont pas ou ne sont plus des croyants se révèlent moralement très supérieurs à tels chrétiens d'étiquette. Mais il reste à prouver qu'un homme de notre temps puisse échapper à l'influence et à la tradition chrétiennes, qu'un homme du xxᵉ siècle puisse s'isoler complètement, dans l'éducation de son caractère et la discipline de sa vie intérieure, de tout contact chrétien et de toute ambiance chrétienne.

Quoi qu'il en soit de cette question encore ouverte, il reste que l'inspiration générale de la vie de notre frère, M. Bayssellance, a été une inspiration chrétienne. Chrétien, il l'a été dans sa manière de penser et de vivre, dans sa vie sociale et politique ; il l'a été toujours, partout et invariablement. C'est la clef qui nous ouvre et nous découvre tous les aspects de son activité en des domaines très divers, depuis les jours lointains où, enfant, il allait s'asseoir sur les bancs de notre vieux collège protestant de Sainte-Foy et préludait, par ses succès universitaires, — prophétie de tous ceux qui l'attendaient dans sa glorieuse carrière, — à la vie féconde qui s'achève aujourd'hui pour la terre.

Comment il était chrétien? Je l'ai déjà dit et vous savez comme moi que ce libre croyant, aussi incapable d'accepter pour lui-même une contrainte spirituelle que de l'imposer à autrui, était très capable de s'incliner devant l'autorité de Dieu qui resplendit dans la parole du Christ et dans la substance des Écritures Saintes. Il avait compris que le christianisme authentique est *Esprit* et *Vie*, qu'il est une manière d'être et d'agir et que la Croix est l'illustration et la conclusion logique de la vie

1. Le mot est de M. de Pressensé père et s'appliquait au sénateur Schœlcher.

chrétienne. Il ne se serait pas cru en règle avec son Dieu ni avec lui-même s'il eût docilement répété un *credo* écrit par d'autres et pour d'autres ; il pensait que l'expression de la foi religieuse doit être libre et personnelle pour être sincère, c'est-à-dire digne de l'homme qui l'apporte comme un témoignage, et du Dieu qui la reçoit. Il avait été saisi, conquis, par cette parole du Maître: « Cherchez premièrement le royaume de Dieu et sa justice, et tout le reste vous sera donné par surcroît. » Il voyait en cette parole profonde tout un programme de vie individuelle, sociale, mondiale même. Et voilà pourquoi toute sa vie fut orientée vers l'action bonne. C'est qu'il y a, Messieurs, deux types de chrétiens, très différents l'un de l'autre, et je laisse à votre conscience le soin de décider lequel des deux est le plus fidèle à la pensée du Maître... L'un s'enferme dans sa foi ou avec sa foi, comme l'avare avec son trésor. Il est avant tout préoccupé de son salut, et la vie terrestre lui apparaît comme un obstacle à franchir le plus vite possible pour s'élancer dans la félicité du Ciel. Tel l'ascète du Moyen-Age s'enfermait en sa cellule et méditait, entre un sablier et un crâne, sur la brièveté et la vanité de cette vie!

L'autre a une conception de la vie chrétienne assez différente. Comme l'apôtre Paul, il se sent « collaborateur de Dieu », artisan, sur la terre, d'une œuvre éternelle et divine. Aussi le bon ouvrier du royaume de Dieu, tôt levé, tard couché, plein de flamme et d'enthousiasme chrétien, pense-t-il plus au salut des autres qu'à son propre salut. Sans aller jusqu'à dire, avec le grand Wilberforce, « qu'il n'y avait jamais pensé, » M. Bayssellance eût dit certainement qu'il ne séparait pas son salut de celui de ses frères. Quand on incline à cette conception de la vie chrétienne, on a un christianisme robuste et non mièvrement mystique, on a le sens et le goût de l'action, on est capable de gestes héroïques et libérateurs, et on s'associe joyeusement à cet effort de justice par lequel Dieu achemine l'humanité, malgré toutes les oppositions, vers sa destinée véritable.

* *

Notre frère, M. Bayssellance, avait demandé au Maître l'inspiration de sa vie; il demanda au disciple la *Méthode* de l'action et se souvint de cette exhortation de l'Apôtre : « Surmonte le Mal par le Bien. » Méthode originale et hardie, dont notre frère avait discerné la valeur et qu'on retrouve dans toutes les manifestations de sa vie personnelle, de son activité publique et philanthropique. Surmonter le mal, toutes les formes du mal, par le bien et non par une autre forme du mal, comme c'est la constante tentation des hommes et des sociétés ; surmonter l'ignorance, source de superstition et de fanatisme, par plus de science, par une éducation systématique, ingénieusement répartie aux plus jeunes comme aux adultes ; surmonter le mal non par des châtiments qui l'aggravent en dégradant le coupable, mais par plus de bien, par plus de moralité, pour arracher l'homme à toutes les influences corruptrices qui l'abaissent et le ramènent à l'animalité ; surmonter le mal moral, les impulsions mauvaises, par une discipline intérieure qui règle la vie et la fait serve de la Volonté de Dieu, et c'est ainsi qu'il a réalisé pour lui-même une vie droite et pure et qu'il s'est préoccupé de la moralité des autres, — surmonter le mal social, les douleurs imméritées, le dénûment, la misère, par un plus grand effort de justice et par une philanthropie bien entendue, telle a été l'invariable et féconde méthode de notre frère, une méthode authentiquement chrétienne...

Une heure sonna dans la vie de notre frère, c'était l'heure de la retraite. Pouvait-on parler de « retraite » pour un homme comme M. Bayssellance ? Non, car il ne se retira de rien, hormis des fonctions précises qu'il avait remplies comme ingénieur en chef de la marine française. Simplement, il considéra le repos comme un changement d'activité, et avec plus de ferveur que jamais se consacra aux grands intérêts sociaux, à la philanthropie, à l'administration de votre belle cité, au service de sa famille spirituelle, — cette petite patrie dans la grande, — l'Église Réformée de France, qu'il aima comme il aimait la France et la République.

Comment ne pas évoquer ici le souvenir de sa courageuse attitude en face des prostitués de la plume et du pinceau, exploiteurs avilis de la sensualité, qui calomnieraient notre Patrie si la France pouvait être calomniée, et qui feraient descendre très bas notre jeunesse vers l'animalité, si des citoyens comme Bayssellance ne se levaient, au milieu de la veulerie générale, pour dire en termes adéquats leur patriotique indignation, rappeler au respect du pays et de la loi, et, d'un cœur pourtant débonnaire, épancher le trésor sacré de la colère. Ah ! comme nous étions alors contents et fiers de lui, nous ses compatriotes, nous ses coreligionnaires ! A son geste valeureux, nos cœurs de patriotes et de huguenots avaient frémi, et de tous les points du territoire lui vinrent des témoignages de sympathie, de patriotique reconnaissance. Ce philanthrope, que passionnaient les questions d'éducation et d'hygiène sociale, avait au même degré le souci de l'hygiène morale et croyait que la pureté, comme la justice, élève les nations.

**

Messieurs, n'est-ce pas ainsi qu'il faut aimer la France ? Ah ! si nous l'aimions tous et si tous nous la servions comme l'a servie et aimée M. Bayssellance, si tous les citoyens de notre pays, quelles que soient leurs traditions religieuses ou philosophiques, leurs doctrines politiques et sociales, avaient ainsi, et au même degré, le même souci de l'honorer et de la défendre, si tous avaient au cœur et le même amour pour elle et les mêmes ambitions, comme notre France serait grande et puissante dans le monde, grande et puissante par le bien et pour le bien, et comme nous serions délivrés des patriotiques inquiétudes qui attristent et assombrissent parfois notre esprit !

Et comment oublier avec quelle maternelle fierté la France discerne et couronne ses meilleurs enfants, ceux qui, se souvenant d'une parole du Christ, ont cherché non à la dominer, mais à la servir ? Comment laisser dire aux mécontents qu'on n'arrive que par l'intrigue, le népotisme ou la faveur, quand on se souvient de la brillante carrière d'un homme comme M. Bayssellance, qui ne dut ses succès qu'à son travail, à sa probité, à sa science, à sa haute valeur morale et intellectuelle ! Je ne dis pas que, çà et là, tels médiocres ne puissent obtenir par la faveur ou par l'intrigue des avantages qui ne leur sont pas dus ou dont ils sont indignes, mais c'est l'exception négligeable. La règle, c'est que la France et son gouvernement savent reconnaître et glorifier les bons citoyens qui l'ont fidèlement et brillamment servie. Il avait cherché la justice, et tout le reste lui fut donné par surcroît... Je n'en veux d'autre preuve que les témoignages donnés à notre vénéré ami, témoignages qui honorent autant ceux qui les attribuaient que celui qui les reçut. Pourrions-nous davantage oublier et la manifestation du 5 février 1905 et la gloire de ses funérailles !

**

Messieurs, je manquerais à tous mes devoirs de ministre de Jésus-Christ si je me bornais à esquisser cette noble vie, à en dégager l'inspiration générale et la méthode. Au delà de cet auditoire visible qui disparaît maintenant pour moi, je discerne des âmes, vos âmes, et je leur dois le témoignage de ma foi et de mon espérance chrétiennes en face de la mort. Nous croyons, nous chrétiens, que rien de ce qui a été bon, rien de ce qui a été conforme à la volonté de Dieu dans une vie humaine ne peut être atteint par la mort physique. Ni l'œuvre ni l'ouvrier ! Nous acceptons la mort comme une crise nécessaire de notre vie physiologique, elle n'atteint pas l'être, ni la personnalité véritable. Elle la libère ! Toutes les choses de la vie et de la mort, nous les envisageons, comme le voulait Leibniz, *sub specie æternitatis,* sous le rayon des éternels desseins de Dieu. Notre frère est entré par la mort dans le repos ; nous aimons à rappeler une parole apostolique : « Il y a un repos pour le peuple de Dieu, » mais ce repos n'apparaît pas aux croyants comme la cessation de toute activité, au contraire ! Dans ce mystérieux au-delà vers lequel nous achemine la mort physique, nous attendons le repos de l'intelligence dans la lumière de la vérité, le repos de la raison dans la satisfaction des légitimes exigences rationnelles, le repos de la conscience dans plus de sainteté, le repos de tout l'être spirituel dans une union plus directe et plus complète avec le Père céleste et avec le Christ. Et cette espérance que nous fondons sur la loyauté de Dieu implique une activité nouvelle et des progrès nouveaux dont nous laissons à Dieu le soin de déterminer les conditions et les limites.

Que cette espérance devienne la nôtre et qu'elle console la vénérée compagne de notre frère ! La douleur que nous éprouvons de ce départ nous aide à comprendre et à mesurer la sienne. Tout le bonheur d'une longue vie passée dans la plus étroite union rend plus douloureux encore le sacrifice imposé aujourd'hui à son cœur. Que le Père céleste, de qui procèdent toutes les consolations véritables, l'assiste dans son deuil, lui donne la vaillance et la paix. Nous nous unissons tous ici pour lui adresser le message d'une fraternelle sympathie.

Messieurs, nous n'aurions pas rempli nos devoirs envers la mémoire de notre frère, M. Bayssellance, si nous nous bornions à déplorer son départ. Il nous reste à nous inspirer des grands exemples qu'il nous laisse, à continuer sa tradition et son effort vers plus de justice et de fraternité ! Dieu veuille que nous ne soyons pas inégaux à cette tâche. Amen.

Obsèques de M. Bayssellance

Lundi matin (29 juillet 1907) ont été célébrées, au milieu d'une nombreuse affluence, les obsèques de M. Adrien Bayssellance, ingénieur en chef de la marine en retraite, ancien maire de Bordeaux, commandeur de la Légion d'honneur.

La réunion avait lieu au domicile du défunt, 84, rue de Saint-Genès.

La levée du corps a été faite à neuf heures et demie. Un bataillon du 144ᵉ de ligne, commandé par un lieutenant-colonel, avec musique et drapeau, rendait les honneurs.

Sur le cercueil avaient été déposés l'uniforme d'ingénieur et les décorations du défunt.

Les cordons du poêle étaient tenus par MM. Couturier, adjoint, représentant M. Daney, maire de Bordeaux ; le pasteur Cadène, président du Conseil presbytéral; Baron, ingénieur en chef de la marine en retraite ; Barckhausen, ancien préfet de la Gironde ; Stapfer, doyen honoraire de la Faculté des lettres ; Charles Cazalet, secrétaire général de l'Œuvre bordelaise des bains-douches à bon marché ; Durègne, vice-président du Club alpin ; Henri Rödel, substitut du procureur général ; Paris, conseiller à la Cour ; Tastet, président du Conseil d'administration de la Société Bordelaise ; Millet, ingénieur en chef de la Chambre de commerce ; Malzac, contrôleur municipal en retraite.

Quand le cortège s'est mis en route, la musique a joué une « marche funèbre ».

Le deuil était conduit par les neveux de M. Bayssellance et les membres du Conseil presbytéral de l'Église réformée.

Venaient ensuite une foule de personnalités appartenant au commerce, à la magistrature, à la politique, à l'armée ; des délégations du Conseil municipal, de différentes administrations : police, octroi, banque et œuvres de bienfaisance, auxquelles était attaché le nom de M. Bayssellance.

Une escorte de gardiens de la paix entourait le corbillard, qui était précédé des gardes municipaux à cheval.

La cérémonie funèbre a eu lieu au temple de la rue du Hà. Les prières ont été dites par M. le pasteur Morize, de Bergerac. On sait que M. Bayssellance était né dans les environs de cette ville. Dans une allocution d'une grande élévation, M. Morize a, en outre, retracé la vie si digne, si bien remplie, de l'ancien maire de Bordeaux, et rappelé tous les titres qui lui assurent à jamais l'estime et les regrets de nos concitoyens.

Le cortège s'est ensuite rendu au cimetière protestant, où a eu lieu l'inhumation dans un caveau de famille.

Selon la volonté du défunt, aucun discours n'a été prononcé sur la tombe.

Sur tout le parcours, un important service d'ordre avait été organisé par les soins de M. Belliard, capitaine des gardiens de la paix.

(*Petite Gironde,* 30 juillet 1907.)

Notre " Président "

Fidèle à cette simplicité qui donnait tant de charme à ses relations, celui que nous appelions le « Président », dans une expression de respect et d'affection, M. Adrien Bayssellance, n'a pas voulu de discours à ses obsèques.

Les œuvres philanthropiques et sociales de Bordeaux, qu'il aimait si profondément, aux décisions desquelles il apportait tant de sûreté, par sa clairvoyance sage, pondérée, mais en même temps si *allante,* ces œuvres n'ont pas pu dire toute leur reconnaissance à l'homme éminent qu'elles perdaient.

Aujourd'hui, comme au moment de sa mort, je respecterai la volonté de M. Bayssellance, que, toute ma vie, j'ai été heureux d'écouter. Mais on me permettra bien de rappeler en quelques mots qu'il nous apportait toujours, avec son exactitude exemplaire, sa prudence, son expérience et surtout sa bonté, cette bonté presque naïve, car elle ne voulait pas s'arrêter sur la malice des autres ! M. Bayssellance ne croyait pas à la méchanceté, à la duplicité, aux calculs de la jalousie humaine. Que de fois nous lui disions, quelques amis et moi : « Mais, cher Président, vous voyez bien les mobiles qui font agir Pierre et Paul. »

Non, il ne les voyait pas ou, plutôt, il les voyait parfaitement, *mais il ne voulait pas les voir,* parce que ce n'était pas *propre,* et, apôtre de la propreté physique et morale, il avait horreur de tout ce qui n'était pas la *pureté;* et il se dégageait de cette pureté même un tel rayonnement qu'il faisait un bien énorme à tous ceux qui l'entouraient.

M. Bayssellance a été un grand citoyen ; comme tous ceux qui sont véritablement grands, il était accueillant et, à l'inverse de tous ces pharisiens égoïstes qui considèrent que le monde est à eux et que cela suffit, il tendait toujours, spontanément, la main à la jeunesse, à ces jeunes voulant faire leur poussée loyale en travaillant utilement.

On dit quelquefois qu'il n'est pas facile de passer dans la vie publique sans y laisser un peu d'honnêteté, sans y perdre un peu de foi, sans y gagner beaucoup de sécheresse et de scepticisme.

M. Bayssellance a prouvé que c'était possible ; il est sorti de la mairie de Bordeaux comme il y était entré, sans y laisser une seule déchirure à son manteau.

Il fallut lui forcer la main; il ne voulait pas être maire; M. de Selves lui en fit un devoir impérieux; et comme en 1871, à Marseille, quand il risquait sa vie, au moment de la Commune, une fois la décision prise, il l'accomplit sans hésitation et toujours avec cette simplicité qui en augmentait la grandeur.

On lira plus loin l'admirable lettre qu'il écrivit en 1891 à l'occasion des publications pornographiques.

M. Bayssellance restera un grand exemple.

M. de Selves disait de lui que c'était un caractère pur comme de « l'eau de roche ». M. Counord l'a appelé un « *saint laïque* », et, pour ma part, en m'inclinant bien bas, devant son admirable compagne, près de laquelle il venait chercher le repos intime et la paix du foyer, je salue en M. Bayssellance le Français patriote et bienfaisant qui a été mon maître et mon ami, mon Président et mon chef, et, qui, sans forfanterie et sans tapage, resta fidèle aux sentiments des vieux huguenots : « Regarder en Haut en ne prenant pour guides que sa conscience et l'Évangile. »

Charles CAZALET.

Extrait du Journal " Le Protestant "

Nous sommes ici en deuil, en très grand deuil. Nous pleurons Adrien Bayssellance(1), cet homme selon le cœur de Dieu, un des plus purs défenseurs du christianisme de Jésus. Ses obsèques ont été l'occasion de nombreuses manifestations de sympathie. Vous me permettrez de lui consacrer en entier ma correspondance de ce jour.

Je ne connaissais M. Bayssellance que par ouï-dire, lorsqu'à la fin de 1888, après des deuils cruels de famille, j'obtins la faveur de continuer ma carrière judiciaire à Bordeaux. J'y retrouvais des parents, de chers condisciples et de précieux amis, en tête desquels Jules Steeg, de noble mémoire. Ce changement de résidence me procura aussi trois précieuses relations : celles de M. J. de Selves, alors préfet de la Gironde, notre coreligionnaire; de M. Adrien Bayssellance, maire de Bordeaux; de Ludovic Trarieux, avocat et sénateur. Celui-ci est mort laissant un nom vénéré de tous les amis de la justice. Mais je le voyais peu, il habitait la capitale. Nous entretînmes une correspondance régulière au cours de l'émouvante affaire Dreyfus. M. de Selves nous quitta en 1890 pour aller à Paris. M. Bayssellance me restait et, pendant près de dix-sept ans, j'eus avec lui des relations qui devinrent de plus en plus intimes. Tout récemment, il me donnait la belle gravure qu'on avait faite de lui, pendant sa magistrature municipale. Je l'ai placée dans une de mes chambres, à côté de celles de Félix Pécaut et d'Auguste Sabatier, que j'ai tant admirés aussi.

M. Bayssellance était depuis trois ans maire de Bordeaux (élu le premier de la liste en 1888) lorsqu'il fit, en cette qualité, une manifestation que l'on n'a pas oubliée. Des pères de famille s'étaient adressés à lui pour protester contre l'étalage cynique de publications et dessins obscènes dans notre ville. Il n'avait

(1) M. Jean-Adrien Bayssellance est né le 24 mai 1829 de Jean Bayssellance, notaire à Bergerac, et de dame Élisabeth Loreilhe.

Il est venu au monde au lieu de La Négrie, commune de Queyssac, canton de Bergerac.

Parmi les témoins déclarants se trouvait son oncle, M. Jean Bayssellance, juge auditeur au Tribunal civil de Bergerac.

M. Bayssellance est décédé le 25 juillet 1907, en son domicile, à Bordeaux, rue de Saint-Genès, 84.

Il avait donc soixante-dix-huit ans et deux mois.

pas attendu cette démarche pour agir lui-même, et il s'était adressé à l'autorité judiciaire, seule compétente. Dans une lettre aux pétitionnaires rendue publique, il fit connaître les résultats obtenus. Il terminait ainsi : « Vous pouvez compter, Messieurs, que l'autorité municipale n'oubliera pas son devoir et veillera à ce que toutes les mesures de police nécessaires soient prises pour seconder l'action de la justice. « La République, a dit notre » grand Montesquieu, est le gouvernement de la vertu. » Dieu nous garde de voir la liberté de déshonorer la presse française et de dépraver l'esprit de nos jeunes générations rendre notre pays indigne de toutes les libertés. »

Quelques mois après la publication de cette lettre, il y avait à Bordeaux des élections consistoriales. Quelques personnes se réunirent en comité, les mêmes, au nombre desquelles j'étais, qui, deux ans auparavant, à l'occasion d'un conflit survenu entre deux pasteurs, réclamèrent la convocation d'une assemblée plénière des électeurs paroissiaux selon les principes de la démocratie religieuse. Ce comité crut devoir poser la candidature de M. Bayssellance, à la suite d'un rapport de M. H. Barckhausen. Bien qu'exclusivement composé de protestants libéraux, il tint à honneur de se placer à un point de vue plus général. Il crut, et qui donc aujourd'hui oserait contester le bien fondé et l'opportunité de cette manifestation, qu'il fallait saisir cette occasion de représenter au grand public que protestantisme signifie austérité, rigidité morale, droiture de la conscience. Je cite volontiers ce passage de la circulaire qui fut répandue dans l'Église de Bordeaux :

« Louis XIV révoque l'édit de Nantes, et l'on voit succéder aux Bossuet et aux Fénelon cette série de cardinaux qui répondaient aux vocables de Dubois, de Tencin et de Rohan !

» Le protestantisme était comme le sel qui préserve de la corruption.

» C'est là un rôle religieux, moral, patriotique, auquel nous n'avons pas le droit de renoncer.

» Quand l'un de nous, orthodoxe ou libéral — peu importe ! — s'efforce courageusement de continuer, de renouer au besoin, la tradition à cet égard, nous devons revendiquer une solidarité glorieuse. Nous devons demander notre part des sarcasmes, des injures et même des menaces dont on le poursuit.

» Or, vous savez qu'un des nôtres a profité naguère de la haute situation qu'il occupe dans notre ville pour protester publiquement et efficacement contre l'abus qu'une spéculation immonde fait de nos lois libérales sur la presse.

» Il a été tourné en ridicule, outragé, taxé d'hypocrisie(1). »

Et la circulaire concluait que l'Église de Bordeaux s'honorerait et honorerait son Consistoire en introduisant le maire de la ville dans son sein.

Vous vous rappelez que cet appel ne fut pas entendu. — M. Bayssellance était un « libéral », et pour beaucoup, même aujourd'hui, un libéral est un lépreux qu'on peut estimer, mais en lui fermant l'accès des corps ecclésiastiques. Et cependant le Consistoire de Marseille, assurément orthodoxe, l'avait jadis accueilli comme représentant de l'Église de Toulon.

A. Bayssellance appartenait, en réalité, à la première génération des protestants libéraux, ceux d'avant 1848. Il avait lu Coquerel père, probablement Fontanès père; c'était un libéral admettant la Bible et le libre examen. L'Église de Bergerac a eu le privilège de posséder des chrétiens de cette trempe. Avec lui, nous pourrions citer le débonnaire pasteur Vidal et des laïques: Alard, Ch. Gaussens, le docteur Barraud, dont la philanthropie était proclamée en ma présence par le nouveau pasteur de Bergerac au commencement de juin, dans une petite église de village (La Roquille). En voyageant, en 1896, pour me rendre à la conférence de Lyon, j'admirais la piété de ce bon médecin. Il lisait le Nouveau Testament dans le compartiment où il avait pris place. Bayssellance était le frère spirituel de ces hommes-là.

Il avait d'ailleurs suivi le mouvement, et la nouvelle théologie, qui prit son essor vers 1850, éveilla son plus sympathique intérêt. Il lisait nos revues, nos livres, nos journaux, et le nom de ces théologiens de franche volonté et de libre inspiration lui était familier; notamment il cultivait notre ami J. Steeg et sans doute aussi appréciait le condisciple de Steeg, Maurice Schwalb, que j'avais cru à tort décédé, qui est fixé en Allemagne, et dont je viens de recevoir une lettre pleine de sympathie pour la France, qu'il a longtemps habitée. Lors de la restauration du tombeau de Pellissier, à Madère, Adrien Bayssellance montra combien il avait compris le sens de notre révolution théologique. Il rappela sur sa tombe que ce grand pasteur insistait sur l'immanence de Dieu dans l'âme humaine. C'était en effet le point central de la théologie moderne.

(1) Une feuille locale disait que Bayssellance faisait partie de la confrérie des Pères la Pudeur.

L'ostracisme, dont la majorité du corps électoral protestant de Bordeaux l'avait frappé, ne pouvait durer longtemps. Il faut ici que je revienne sur une observation importante que j'ai faite jadis dans les colonnes du journal et dont la justesse s'est manifestée à la lumière des événements postérieurs.

A la suite du scrutin du 10 février 1901, qui vit élire membre du Consistoire notre ami avec 38 voix de plus que la majorité absolue, je vous écrivais que les pasteurs et les anciens, qui avaient signé un manifeste contre la candidature de M. Bayssellance, n'avaient pas pris garde qu'ils allaient à l'encontre de l'esprit public bordelais. Après avoir rappelé que le plus ancien plaidoyer en faveur du libre échange était l'œuvre de Michel Montaigne, un des prédécesseurs d'Adrien Bayssellance à la mairie, j'ajoutais : « Le même esprit s'applique aux choses intellectuelles et morales. Nos Bordelais admettent volontiers le libre échange des idées, et les religions rivales dans cette ville ont entretenu de cordiales relations en la personne de leurs chefs. Comment cet esprit de confraternité et de tolérance ne s'appliquerait-il pas aux relations des protestants, les uns à l'égard des autres ? Les laïques n'ont pas, en général, d'opinions bien arrêtées sur les divergences théologiques. Ils apprécient la valeur religieuse des hommes par leurs actes. Comment n'auraient-ils pas remarqué l'esprit huguenot de notre ami qui, au lieu de se cantonner dans l'oisiveté d'une retraite, d'ailleurs consciencieusement acquise, passe son temps à dénoncer les abus, à faire la guerre aux exhibitions obscènes, et qui vient, ces jours-ci, de compte à demi avec un de nos diacres, M. Ch. Cazalet, de faire ouvrir, non sans obstacles et difficultés de toutes sortes, un débit de tempérance sur nos quais (1). »

Toutes les œuvres utiles auxquelles il s'est associé : bains-douches, habitations à bon marché, ligue contre la licence des rues, club alpin, etc., montrent en effet dans Adrien Bayssellance un des précurseurs de ce qu'on appelle aujourd'hui le « Christianisme social », et permettent de vérifier la vérité de cette parole évangélique qu'il cita un jour dans une circulaire électorale : *Vous les connaîtrez à leurs fruits.* Et c'est le spectacle de cette activité pratique qui inspira, en 1901, cette manifestation du diaconat de Bordeaux faisant envoyer notre ami au Consistoire, où il devait être réélu sans opposition en 1904.

(1 *Le Protestant,* numéro du 9 mars 1901.

L'année dernière, il fut nommé, sans aucune contestation aussi, membre du Comité directeur de notre Association cultuelle.

La loi de Séparation étant venue nous contraindre à nous organiser en Églises libres, et l'ancien groupement libéral, qui avait attendu, avec une patience des plus évangéliques, la reconstitution de notre vieille Église nationale, comme on va le faire bientôt à Genève, s'étant enfin constitué en Synode des Églises Réformées Unies, Bayssellance, avec lequel je m'étais rencontré à la belle Assemblée de Jarnac, se disposait à se rendre au Synode constituant de Mazamet, lorsque la maladie vint le retenir à Bordeaux, au grand regret de ses collègues. Le Synode voulut utiliser son expérience en le désignant en tête de sa commission disciplinaire. Ce corps avait cru devoir m'associer à cette tâche délicate ; ce fut pour moi l'occasion de devenir, au moment où allait se terminer sa carrière terrestre, le collaborateur de cet homme d'une aussi haute valeur.

La tâche était ardue, mais quelle belle compensation pour moi que d'avoir cette occasion d'entrer plus intimement en relations avec Adrien Bayssellance ! J'ai conscience de ne commettre aucune exagération en disant quel admirable magistrat il était, quels scrupules il apportait dans ces fonctions un peu nouvelles pour lui, combien il se rendait compte de la nécessité de rester, en vue de l'appréciation des actions humaines, dans la mesure et dans l'équité ; avec l'autorité qui s'attachait à son caractère, il savait comprendre toutes les nuances et les exprimer dans une rédaction que nous voulions consciencieuse. Et c'est ainsi qu'après tous les autres services qu'il a rendus à la Patrie et à l'Église, Bayssellance aura rendu au protestantisme réformé celui d'initier en matière disciplinaire une jurisprudence ferme et modérée à la fois.

Et après avoir accompli avec nos autres collègues ce dur labeur pour lequel il me remerciait en des termes d'une bonté exquise de lui avoir servi de secrétaire et d'auxiliaire actif dans son état de faiblesse physique, nous nous dîmes que ce serait l'honneur de notre vieux groupement libéral que d'avoir restauré, au lendemain de la loi de Séparation, avec les modifications nécessitées par le changement des mœurs, la vieille discipline inaugurée par les calvinistes du XVIe siècle.

Dans les dernières semaines de sa vie, Bayssellance nous a donné le beau spectacle du vrai disciple de Jésus, voyant venir la mort avec sérénité, sans frayeur, sans révolte. Il fut simple dans sa mort comme il l'avait été dans sa vie. Il organisa ses funérailles, écartant toute manifestation banale : discours, couronnes, fleurs. C'est dans ce temple de la rue du Hâ, où on le voyait chaque dimanche, un des premiers arrivés, assis au pied de la chaire, que son cercueil fut transporté et qu'un pasteur des plus sympathiques, sans verser dans les pompes oratoires de l'oraison funèbre classique, sut retracer sa carrière, en la rattachant à ce qui fut le principe directeur de sa vie : la pratique de l'idéal évangélique.

La veille, avaient eu lieu à Bordeaux les élections cantonales. Dans le quartier que j'habite, on votait pour un candidat (1) qui avait eu le courage dans sa profession de foi de dénoncer l'utopie collectiviste, la théorie de ceux qui veulent la liberté sans la responsabilité, et qui demandent des miracles à l'État-providence. En conduisant les restes de notre ami au cimetière protestant de la rue Judaïque, je me disais quel plaisir il aurait eu de lire cette belle circulaire électorale dans laquelle il aurait retrouvé des idées qui lui étaient familières. Nous rattachons, en effet, la Révolution à la Réforme ; nous pensons qu'il n'y a pas de République sans vertu, sans vertus privées, comme sans vertus publiques ; qu'il est inadmissible de considérer comme un vrai citoyen celui dont la vie privée est désordonnée et irrégulière. Cette discipline morale est le sel conservateur des sociétés. C'est pour avoir compris, annoncé et pratiqué cette vérité qu'Adrien Bayssellance fut grand et que sa mémoire méritera d'être conservée. Il nous a révélé un beau type d'humanité.

(10 août 1907.)   E. Paris.

_____

(1) M. Bertin, avocat, ancien bâtonnier.

Le " Camarade "

M. Bayssellance était de Bergerac, et il semble que sur sa personne et sur son existence il y avait comme un reflet de cette douceur calme que l'on peut contempler, le soir d'un beau jour, sur les rives de la Dordogne.

Il fut un écolier modèle; jeune encore, il avait la passion de l'étude et la soif d'apprendre; le devoir, le simple devoir de la classe lui apparaissait comme une obligation impérieuse, et il n'est pas sans intérêt de rappeler qu'il fut élevé par une mère d'une grande valeur intellectuelle et morale. Après de beaux succès scolaires, il fut reçu fort jeune à l'École polytechnique où il séjourna de 1846 à 1848. Ces dates ont leur importance. A la fin du règne de Louis-Philippe, deux aspirations dominaient la jeunesse française : l'amour de la liberté et le souci de la gloire de la France. Cette passion fut partagée par ceux qui, à cette époque, passèrent par l'École polytechnique. M. Bayssellance s'y trouva avec des hommes qui, dans tous les domaines, ont rendu de grands services à la France; il suffit de citer M. de Freycinet; et il puisa dans ce milieu le courage de vivre conformément à un grand idéal.

Après 1848, — 1852. Après 1852, — 1870. Les peuples sont comme les hommes. Quand ils s'endorment dans un lâche abandon, quand ils laissent perdre cet admirable patrimoine de justice, de droit et de devoir, ils se réveillent un jour dans la boue et dans le sang.

L'élévation de l'intelligence de M. Bayssellance, jointe à sa grandeur d'âme, lui avait dicté le programme de sa vie. Les cruelles épreuves de la Patrie le lui confirmèrent : ne rien sacrifier au succès, aux idées d'un jour, à l'intérêt immédiat, à l'égoïsme; tout faire pour le bien, le bien public, le bien souverain : ce dernier, d'après un autre polytechnicien, le père Gratry, étant après tout la définition de Dieu même.

Après de nombreux et loyaux services dans le corps des ingénieurs du génie maritime, M. Bayssellance prit sa retraite à Bordeaux. Sachant ce qu'il devait à ce milieu dans lequel s'étaient consolidés à la fois son esprit et son caractère, il sut grouper tous les anciens élèves de l'École polytechnique résidant dans la région girondine. Sa camaraderie était touchante. Il faisait abstraction de l'âge, se mettait à la portée de chacun, ne cherchait qu'à être utile et croyait qu'il avait toujours beau-coup à apprendre auprès de tant d'autres qui en savaient moins que lui. Sans tapage, il a rendu de grands services; et, sans manifestations éclatantes, nombreux sont ceux qui lui ont conservé cette reconnaissance intime, qui est la seule véritable parce qu'elle ne s'évapore pas en vaines protestations.

Dans ce milieu, dit *des Camarades*, la disparition de M. Bays-sellance laisse un vide profond; mais son souvenir subsistera. Cet homme était un modèle et un exemple. Ceux qui sont dévorés par l'unique désir d'arriver apprendront, en méditant sur cette belle existence, que pour bien réussir il faut bien servir, que l'intelligence scientifique n'est rien, qu'elle constitue même un insupportable orgueil si elle n'est pas guidée, éclairée, dominée par la droiture du caractère, et si perpétuellement le bon cœur ne vient pas en aide à la pauvre raison, parce que le « cœur a ses raisons que la raison ne comprend pas ».

Douceur, intelligence, bonté, tels sont les mots qui viennent sur les lèvres quand nous égrenons nos fleurs sur la tombe de cet excellent camarade dont Bordeaux cultivera pieusement le souvenir.

Beau pays de la Dordogne, douce patrie des Girondins, c'est un de tes meilleurs serviteurs qui vient de disparaître. Puissent des imitateurs d'Adrien Bayssellance sortir de ce sol béni!

Cela seul pourra rendre notre deuil moins triste et notre peine moins sombre.

A.-E. HAUSSER.

Extrait du Journal " L'Avenir de la Mutualité "

Le bon vieillard qui vient de s'éteindre à l'âge de soixante-dix-huit ans, M. Adrien Bayssellance, était une des figures de Bordeaux les plus connues et les plus justement respectées. Il est mort plein de jours, et l'on peut dire que son existence a été admirablement remplie; il fut le laboureur robuste et courageux qui termina son sillon; il laisse derrière lui une moisson féconde, une foule d'œuvres vivantes, animées de son esprit; l'on peut dire que le meilleur de lui-même nous est resté; il est couché dans la tombe, mais à chaque pas nous retrouvons sa trace; il nous semble le voir encore partout où ses vaillants disciples, s'inspirant de son exemple et de sa foi dans le bien, se réunissent et délibèrent pour savoir comment ils pourront faire durer, consolider ou étendre son œuvre bénie.

Nous avons dit ici même, voilà bientôt trois ans, l'histoire de ce grand philanthrope qui fut aussi un excellent citoyen; c'était à l'occasion de la fête que ses admirateurs organisaient pour célébrer la « couronne civique » décernée par la Société d'Encouragement au Bien à M. A. Bayssellance, ancien maire de Bordeaux. Nous retracions sa brillante existence dans les termes suivants : « Sa jeunesse fut laborieuse, austère, sereine; il entra à l'École polytechnique, en sortit ingénieur; il fit sa carrière dans le génie maritime jusqu'au grade d'ingénieur en chef et prit sa retraite d'assez bonne heure, non sans s'être signalé dans l'exercice de ses fonctions par sa vive intelligence, son esprit d'initiative et son inflexible droiture de cœur. Des missions délicates lui furent confiées, qui demandaient beaucoup plus que des aptitudes scientifiques. C'est ainsi qu'il put prendre une large part au rétablissement de l'ordre à Marseille en 1871; à cette occasion, il mérita d'être promu officier de la Légion d'honneur.» Il devait être plus tard élevé au grade de commandeur.

Retraité, M. Bayssellance vint se fixer à Bordeaux, où il fut aussitôt environné de sympathies, où il acquit une rapide et durable popularité; il fut mêlé aux événements de la vie locale, devint conseiller municipal, adjoint aux travaux publics, enfin maire de 1888 à 1892.

Nous ne croyons pas pouvoir mieux faire que de répéter ce que nous avons déjà eu l'occasion de dire sur l'œuvre de M. Bayssellance : « Nous ne savons pas de lutte contre la

contagion du mal à laquelle il n'ait pris part avec l'ardeur
rayonnante et le courage inlassable, avec la tranquille persé-
vérance et le noble désintéressement dont il a, par ailleurs, donné
tant de preuves. Pourrait-on dresser la liste complète des
œuvres qu'il a fondées et soutenues, qu'il a faites vivantes et
fécondes? Président de l'Œuvre bordelaise des bains-douches
à bon marché, du Comité départemental des habitations à bon
marché, de l'Œuvre bordelaise des débits de tempérance, de la
Ligue contre la licence des rues, etc., etc., tous ces titres
attestent son dévouement au bien. »

« Ce qu'il nous faut retenir de cette existence qui s'est pro-
diguée en œuvres bénies, c'est moins l'exemple d'une charité
faite de miséricorde et d'amour que la compréhension claire et
scientifique en quelque sorte des principes modernes d'assistance et de prévoyance sociales... M. A. Bayssellance était
pénétré d'esprit mutualiste; il demandait d'abord à l'initiative
privée toutes les entreprises d'amélioration sociale, il voulait
stimuler, en l'éclairant et en l'encourageant, l'effort personnel de
prévoyance; il croyait enfin à la solidarité de tous les hommes;
il croyait qu'en réalisant lui-même tant de bien chaque jour,
il ne faisait que payer une dette, sa propre dette sociale. La
nature et la société furent prodigues envers lui : l'une lui donna
la santé qu'il sut entretenir par la pratique constante de la tempérance et de la vertu, un esprit capable de tout comprendre;
l'autre mit à son service ses trésors accumulés d'expérience et
de savoir, les lumières de la civilisation et la richesse. Mais ce
ne sont point des « talents » qu'il ait enfouis à la manière d'un
avare égoïste. Il les a accrus, il les a fait servir au progrès social
et au bien de tous. »

Ses obsèques furent magnifiques et simples; une foule immense vint s'incliner respectueusement devant sa dépouille
mortelle; sur sa demande expresse, aucun discours ne fut
prononcé, et pourtant quelle oraison funèbre on eût pu faire
entendre, en retraçant simplement en termes concis une si
admirable existence! Le recueillement pieux de la foule était
sans doute un hommage plus éloquent que ne saurait l'être le
discours le plus vibrant et le plus ému. Le souvenir de
M. A. Bayssellance n'a rien à craindre du temps; nous le
garderons avec fidélité, comme le plus noble et le plus pur
exemple d'une vie consacrée tout entière au bien de l'humanité.

(4 août 1907.)

Extrait du Journal " Le Huguenot "

Au moment de mettre sous presse, nous apprenons la mort de cet homme de bien le jeudi soir 25 juillet, après une maladie de quelques mois à peine.

Il appartenait à la région. Né à Bergerac, élevé au collège de Sainte-Foy, ingénieur des constructions navales à Rochefort et Toulon, il avait pris sa retraite de bonne heure et s'était fixé à Bordeaux. Longtemps adjoint au maire, maire ensuite, il avait été très activement mêlé à la vie municipale et sociale de la ville, et il avait contribué pour une large part aux œuvres d'intérêt général de Bordeaux quand il ne les avait pas créées ; bains-douches, habitations à bon marché, jardins ouvriers, protection de la jeunesse contre la licence des rues et la pornographie, etc. Après beaucoup de décorations, il avait obtenu la couronne civique.

Il était protestant, et il ne s'en cachait pas ; protestant libéral, et il l'est resté toujours. Il a été, jusqu'au printemps dernier, où le déclin des forces lui fit refuser à Mazamet toute candidature, membre de la Délégation libérale. Dans le Consistoire de Bordeaux, où il siégeait depuis six ans, il a défendu, avec beaucoup de courtoisie, sans aucune violence, les idées de toute sa vie ; il les a exprimées encore formellement dans ses dernières volontés.

M. Bayssellance était aimable, obligeant, d'une rare droiture, avec des sentiments élevés et délicats. Il était et il se savait plus que respecté, aimé, de ceux-là mêmes qui ne partageaient pas ses vues. Il laisse à tous ceux qui l'ont connu de très sincères et profonds regrets. Nous adressons à Mme Bayssellance l'expression de notre plus affectueuse sympathie chrétienne.

(5 août 1907.)

J. CADÈNE.

Extrait du Journal " L'Effort "

L'homme de bien qui vient d'être enlevé au respect et à l'affection de tous ceux qui l'ont connu était né à La Négrie, près Bergerac, le 24 mai 1829. Admis à l'École polytechnique, il en sortit avec le titre d'ingénieur des constructions navales. Il termina sa longue et brillante carrière active comme chef du service des constructions navales et du service forestier du bassin de la Gironde. Admis à la retraite le 10 octobre 1877, il se fixa à Bordeaux, qu'il ne devait plus quitter. En 1878, il devenait adjoint au maire de Bordeaux et chargé des travaux publics. Aux élections de 1888, il arrivait le premier sur la liste et devenait maire. Dans ces nouvelles fonctions, il se montra un administrateur éclairé, actif, vigilant, et exerça la magistrature municipale avec dignité et distinction.

Rendu à la vie privée, il se consacra à la création d'un certain nombre d'œuvres sociales, telles que les bains-douches, les habitations ouvrières et les habitations à bon marché, dans lesquelles son ami M. Charles Cazalet le seconda avec un zèle et une activité remarquables. Commandeur de la Légion d'honneur, décoré de plusieurs ordres étrangers, M. Bayssellance reçut la couronne civique de la Société de l'Encouragement au Bien. Cette distinction, réservée aux philanthropes qui se sont distingués par une longue série de bienfaits sociaux, lui fut remise par M. Casimir-Perier, président de cette Société, au milieu de ses admirateurs et de ses amis, dans une inoubliable cérémonie, qui fut la récompense d'une noble vie, dominée par le souci du bien public.

Depuis longtemps membre de la Délégation libérale, M. Bayssellance avait été élu, il y a quelques années, membre du Consistoire de Bordeaux. Sa notoriété, son amour désintéressé et son souci éclairé de la chose publique, son dévouement éprouvé aux œuvres sociales, lui valurent cet honneur, auquel il fut sensible. Avec des convictions très arrêtées, qui n'étaient pas celles de tous ses collègues, il apporta dans l'exercice de ces nouvelles et délicates fonctions un tact, une courtoisie et un esprit vraiment fraternel, qui lui attirèrent l'estime et l'affection de tous. Au sein de débats très graves qui engageaient l'avenir ecclésiastique d'une grande agglomération protestante, il se montra invinciblement modéré et même aimable dans l'expression de sa pensée, qui ne fut jamais hésitante. Avec une inflexible modération et une inaltérable sérénité, il travailla au triomphe de ses anciennes et chères convictions.

On peut, à cet égard, le prendre et le proposer pour modèle : pourquoi ne pas traiter ces questions ecclésiastiques, dont on médit parfois, mais qui sont dignes d'occuper les plus nobles esprits, avec la sérénité de la foi et avec quelque chose de la paix du ciel ?

(10 août 1907.)   C. DE BOECK.

La Lutte contre les Publications pornographiques à Bordeaux

Un grand nombre de personnes de notre ville avaient fait remettre à M. le Maire de Bordeaux une pétition au sujet des publications pornographiques. Voici la réponse qui leur fut faite par M. Bayssellance :

« Bordeaux 20 octobre 1891.

» Messieurs,

» Vous m'avez fait l'honneur de m'adresser une pétition portant de nombreuses et honorables signatures et réclamant avec insistance la répression de l'envahissement de la voie publique par les immondes obscénités qui s'étalent avec impudence aux vitrines des kiosques ou dans les mains des colporteurs.

» Je n'ai pu accueillir qu'avec la plus vive sympathie une démarche qui fait honneur aux signataires de cette pétition, et je ne l'aurais pas attendue pour agir, si l'autorité du maire, qui lui donne le droit de débarrasser la voie publique de toutes les immondices, s'étendait au domaine moral. Mais les faits que vous signalez ne peuvent être réprimés qu'en vertu de la loi spéciale du 3 août 1882, et c'est à l'autorité judiciaire seule qu'incombe le pouvoir d'exercer des poursuites.

» Il y a plus d'une année que j'ai tenté des démarches pour obtenir ces poursuites ; mais c'est de Paris que nous viennent toutes ces révoltantes publications ; c'est de Paris qu'aurait dû partir l'initiative, et c'est là, au contraire, au centre du pouvoir judiciaire, que se donnait l'exemple de la plus déplorable indulgence pour une violation formelle et constante de la loi !

» Le Parquet de Bordeaux a réitéré ses observations ; j'ai eu recours, de mon côté, à des influences capables d'exercer une action efficace, et surtout le cri de la conscience publique révoltée s'est tellement élevé qu'il a bien fallu l'entendre. Enfin, une circulaire ministérielle est venue inviter les autorités judiciaires à faire observer la loi.

» Je ne sais quel effet produira cette circulaire dans les autres villes, mais je crois pouvoir affirmer qu'à Bordeaux elle sera prise au sérieux. Des avertissements sévères ont déjà épuré les vitrines des kiosques ; des saisies ont été opérées, des poursuites sont commencées ; bientôt, nous pouvons l'espérer, de justes condamnations viendront soulager la conscience publique et mettre un frein à l'impudente audace des malfaiteurs de lettres qui osent faire au ministre de la justice la sanglante injure de se réclamer de son autorité contre les magistrats qui font respecter la loi.

» Vous pouvez compter, Messieurs, que l'autorité n'oubliera pas son devoir et veillera à ce que toutes les mesures soient prises pour seconder l'action de la justice. « La République, a dit notre grand Montesquieu, est le gouvernement de la vertu. » Dieu nous garde de voir la liberté de déshonorer la presse française et de dépraver l'esprit de nos jeunes générations rendre notre pays indigne de toutes les libertés !

» Agréez, Messieurs, l'expression de mes sentiments distingués.

» *Le Maire de Bordeaux,*

» Adrien BAYSSELLANCE. »

M. Bayssellance

Président de la Section du Sud-Ouest.
du Club Alpin français.

A voir l'activité de M. Bayssellance sur tant de terrains différents, sa compétence en tous, et surtout l'amour, l'ardeur qu'il
déployait pour la réalisation de ses entreprises, on pouvait avoir
tout d'abord l'impression d'une organisation extraordinairement
compliquée, puisqu'elle atteignait à tant de choses. Mais combien cet homme, que l'on eût pu qualifier de multiple en appa-
rence, se révélait au contraire à ceux qui l'approchaient d'une
simplicité excessive avec une unité réellement frappante de
caractère, de sentiment et de direction. Affaires d'intérêt public,
lutte contre le mal, œuvres d'assistance, développement des
sports, partout il était le même; partout il apportait le même
esprit de justice, d'équité, de bonté et de dévouement.

C'est cette unité de caractère, toujours à la poursuite du bien,
qui est ce que nous devons dégager de l'enseignement que laisse
à ceux qui restent le souvenir de M. Bayssellance.

Or, nous savons où notre vénérable ami avait puisé le secret
de cette force. Chrétien convaincu, il avait la foi sérieuse et réflé-
chie, fruit de l'expérience personnelle, la foi de celui qui a senti
dans le Christ la force qui soutient, qui relève, qui pousse au
dévouement, à l'action bonne. Saint Paul a dit : «Je puis tout
par le Christ qui me fortifie. » N'est-ce pas là l'explication d'une
vie telle que celle d'Adrien Bayssellance?

Amoureux des montagnes, c'est toujours vers les hauteurs
que ses yeux étaient tournés. Les meilleurs souvenirs qui me
resteront de cet excellent homme seront ceux qui me rappelle-
ront le Président du Club Alpin. Quelle poésie, quel charme,
quel amour de la belle nature se lisaient sur les traits de celui
que l'on sentait en communion constante avec le Créateur de
ces belles choses!

Et plus tard, lorsque l'âge ne lui permit plus de se joindre à
ses collègues, l'amour des cimes n'avait pas diminué en Bayssellance et il se plaisait à dire que sa carrière n'était pas terminée,
puisqu'il lui restait une dernière ascension à accomplir, la plus
difficile..., dans sa pensée, la plus belle.

Et il nous le dit, à nous, ses collègues du Club Alpin, dans
une de nos dernières réunions, le 31 janvier 1907, où nous

eûmes l'inestimable bonheur de le voir présider cette petite fête
intime. Il nous le dit en récitant une pièce de vers que je
reproduis ci-après. Nous l'écoutâmes en silence tout émus, avec
le sentiment que c'était là le testament, la pensée, le souvenir
ultime que voulait nous laisser ce Président si excellent, si aimé
et vénéré de tous.

Oh ! monter ! s'arracher à cette terre impure
Où jetés pêle-mêle, à nos pieds confondus,
Larves, chenilles, vers, traînant leur vie obscure,
Rampent dans la poussière et la vase perdus !

Monter et, vers le ciel, s'ouvrir une carrière,
Voltiger sur les fleurs, aspirer le soleil,
Comme le papillon, refléter sa lumière
Sur des ailes d'azur, de pourpre et de vermeil !

Monter, monter, atteindre à cette haute branche
Où se pose l'oiseau fatigué de son vol,
Où sur un vert rameau qui sous son poids se penche,
S'effeuille en doux accents le chant du rossignol !

Gravir tout haletant la montagne neigeuse,
Devancer sur le pic le chamois et l'isard,
Effleurer de son pied l'aire vertigineuse,
D'où l'aiglon, au soleil, jette son fier regard !

S'élancer au-dessus de la cime élevée,
Et, bien loin sous ses pas, du monarque des airs
Laisser le nid royal, la royale couvée,
Et de l'espace immense affronter les déserts !

Monter, monter encor ; dans son élan rapide
Coudoyer en passant les mondes égarés,
Voir Sirius ardent, voir l'Orion humide,
Et, par delà, chercher des soleils ignorés !

Élargir toujours plus ses ailes enflammées,
Aux flots purs de l'éther retremper son essor,
Des grands cieux étoilés contempler les armées,
Admirer, et monter plus haut, plus haut encor !

Monter, monter toujours, ô volupté suprême,
O suprême bonheur ! dans cet océan bleu
Désaltérer sa soif, toujours la même,
Et ne se reposer que dans le sein de Dieu !

O mon âme, ce rêve ardent qui te soulève
Te prête dans ton vol l'aile du séraphin,
T'emporte à des hauteurs si grandes, est-ce un rêve?
C'est ton destin! monter, monter, monter sans fin!

(Pasteur VIDAL, de Bergerac.)

C'est M. Bayssellance qui avait créé en 1878 la section du Sud-Ouest, et jamai, spendant ces vingt-neuf ans, un nuage ne s'est élevé entre le chef et les soldats. Si, cependant..... nous eûmes un léger accès de jalousie, pourquoi ne pas l'avouer, quand les charges qui incombaient au premier magistrat de la Ville nous privèrent de l'avoir à nos promenades dans la région. La place du Président restait vide, et alors aux repas le premier toast était toujours pour l'absent...

Le Club Alpin du Sud-Ouest était une famille, la famille des *amis de la montagne* qui se réunissaient autour d'un Président qui avait lui aussi le culte de la grande nature, des beaux sites et des cimes neigeuses, puisque c'est lui-même qui avait été pour la plupart d'entre nous notre initiateur à toutes ces beautés.

Nous avions donné de son vivant même, et en faisant pression sur sa modestie, le nom de BAYSSELLANCE au refuge du Vignemale ; et je crois pouvoir dire que la section du Sud-Ouest est bien et restera connue sous le nom de *Section-Bayssellance*.

D.-G. MESTREZAT.

M. A. Bayssellance

Fondateur et Président d'honneur de l'Office central
de la Charité bordelaise

Dans une brochure destinée à rappeler les titres de M. Bayssellance à la vénération et au fidèle souvenir de ses concitoyens,
il semble que la fondation de l'Office central de la Charité bordelaise ne puisse être passée sous silence.

C'est, en effet, M. Bayssellance qui a créé cette institution si
intéressante, et l'Office central est certainement l'œuvre dont on
peut, plus que de toute autre, dire qu'elle lui doit l'existence.

C'était en 1891 : M. Bayssellance était maire de Bordeaux.
Depuis longtemps déjà, par son expérience d'homme d'œuvres,
— mais plus particulièrement peut-être depuis qu'il dirigeait les
services de la police municipale, — il se rendait compte des
difficultés que chacun éprouve pour faire la charité sans s'exposer
à avoir sa bonne foi surprise de la façon la plus fâcheuse. Il
sentait — et sans nul doute il n'était pas le seul à le sentir à son
propre foyer — la nécessité d'un lien entre les œuvres et les
personnes charitables, d'un organisme nouveau auquel chacun
pût demander les renseignements nécessaires, d'une sorte de
ligue protectrice et de guide pour ceux qui veulent faire la
charité. Il connaissait les résultats obtenus par des créations
analogues à Paris, à Genève, et, plus récemment, à Marseille.
Il voulait que la ville de Bordeaux ne tardât pas à être à son
tour dotée d'un Office central.

Le 10 décembre 1891, il provoquait, au siège du Bureau de
Bienfaisance, — tout naturellement désigné pour servir de ber-
ceau à la création projetée — une réunion préparatoire à laquelle
il appelait, avec les représentants de tous les cultes, ceux des
diverses administrations intéressées, des services de l'Assistance
publique et de toutes les œuvres privées de notre ville.

Voici en quels termes il précisait le but de cette réunion :

Il n'est personne s'occupant plus ou moins d'œuvres de charité
à qui il ne soit arrivé maintes fois de reconnaître que sa bonne
foi avait été surprise et ses secours accordés à des gens qui les
méritaient fort peu. Chacun a senti dans ces circonstances la
nécessité d'avoir un centre de renseignements pouvant fournir

3

des indications exactes sur la situation des familles qui deman-
dent à être assistées, leurs besoins réels, leur conduite et la
quantité des secours qu'elles reçoivent de diverses œuvres de
bienfaisance. Il arrive en effet que certains indigents, au lieu de
travailler, trouvent plus commode de passer leur temps à solli-
citer de divers côtés la charité publique et privée et parviennent
ainsi à se constituer de petites rentes au détriment de ceux qui,
moins hardis et moins importuns, sont cependant dans une situa-
tion bien plus digne de sympathie.

Il y aurait donc convenance à établir une entente à ce sujet
entre les diverses œuvres de bienfaisance publiques ou privées,
pour procurer à tous les renseignements recueillis par chacune
sur les familles auxquelles elle vient en aide. C'est dans le but
de provoquer cette entente qu'il a été fait appel à toutes les per-
sonnes qualifiées par leur caractère ou leurs fonctions pour coo-
pérer à l'œuvre commune.

Le principe de la création proposée par M. Bayssellance était
accepté avec empressement par tous, mais des difficultés d'exé-
cution de divers ordres se révélaient bien vite. M. Bayssellance
n'était pas homme à se laisser décourager par elles. Il sut rapi-
dement les aplanir et, grâce à lui, la période d'étude fut des plus
courtes.

Le 25 février 1892, l'œuvre était fondée et son premier bureau
était nommé.

Est-il besoin de dire qu'à l'heure de l'élection du Président, le
choix de tous se porta sur M. Bayssellance. Et ce n'était pas
seulement un sentiment de reconnaissance qui animait alors
les premiers administrateurs de l'œuvre; c'était aussi la convic-
tion que nul ne pourrait mieux diriger l'œuvre nouvelle que
celui qui l'avait voulue, conçue et réalisée.

Mais M. Bayssellance résista aux instances de ses collègues
à raison même de sa qualité de maire de Bordeaux. Il voulait,
en effet, éviter de donner à l'institution naissante le moindre
caractère officiel. C'est un de ses prédécesseurs à la mairie
de Bordeaux qui fut élu: M. le Vte de Pelleport-Burète, que
tant de titres désignaient, on le sait, pour cette fonction. M. Bayssellance fut, du moins, par acclamation, nommé Président
d'honneur.

Quelques années plus tard, au mois de juillet 1900, l'Office
central perdait celui qui, depuis plus de huit ans, était à sa tête.
Le Conseil, sans une hésitation, s'empressa d'offrir à M. Bayssel-

lance la présidence effective de l'œuvre qu'il avait fondée et qui, depuis 1892, avait singulièrement prospéré et grandi.

Mais M. Bayssellance, dont la modestie était une des vertus principales et qui n'avait jamais en vue que l'intérêt général, ne consentit pas encore cette fois à céder aux instances de ses collègues. Il voulut que la présidence fût donnée à un autre ouvrier de la première heure, à un de ses collaborateurs du début, à M. Marin, qui occupait depuis l'origine les fonctions de Secrétaire de l'Office. Le Conseil céda une fois de plus aux raisons de M. Bayssellance, qui resta naturellement son Président d'honneur et qui continua à prendre part aux travaux du Conseil avec la même activité et le même dévouement.

Ce n'est point ici le lieu d'exposer comment l'Office central a tenu les promesses de ses débuts et réalisé les espérances de son fondateur. Il sera cependant permis de dire qu'à cette heure la preuve est faite que M. Bayssellance avait vu juste et que son initiative avait été féconde.

Jusqu'au dernier jour, M. Bayssellance a témoigné à l'Office central une prédilection particulière. Il était fier de ses succès et des services rendus par lui. Il n'a jamais cessé de travailler de toutes ses forces à sa prospérité.

Quand l'Office central aura pu atteindre tout le développement dont il est susceptible et qu'il atteindra certainement, on pourra apprécier mieux encore la portée de l'initiative de M. Bayssellance et l'importance du service rendu par lui à la population bordelaise. Ceux qui sont chargés à cette heure de diriger l'Office et tous les hommes d'œuvres garderont de son rôle dans la création de 1892 le plus reconnaissant souvenir.

Henri Rödel.

Le Président du Comité de Vigilance

pour la protection morale de la jeunesse et la répression
de la licence des rues.

J'aurais préféré que notre rédacteur en chef s'adressât à une
plume plus autorisée que la mienne pour dire aux lecteurs du
Relèvement social ce qu'a été M. Adrien Bayssellance dans la
lutte contre la pornographie. Les relations amicales que j'avais
avec M. Bayssellance m'ont sans doute indiqué à M. Comte.

Le Comité bordelais de vigilance pour la protection morale de
la jeunesse et la répression de la licence des rues, quand il s'est
constitué en 1898, à l'occasion de la campagne de M. L. Comte,
ne pouvait pas ne pas porter son choix sur une personnalité
plus active, plus vigilante, plus énergique que M. Bayssellance.
Déjà, comme maire de Bordeaux, avant le vote de la loi de 1882
et de 1898 contre les outrages aux bonnes mœurs, M. Bayssellance prenait des mesures préventives pour défendre la jeunesse
contre l'influence de la littérature immorale et l'imagerie porno-
graphique. La haute autorité qui s'attachait à sa personne et à
sa fonction, lui donnait une grande force. Les mesures qu'il
prenait, comme officier municipal, étaient toujours empreintes
de justice et de bienveillance, à tel point que les plus enragés
pornographes demandaient, il y a deux ans, dans une réquisi-
tion par ministère d'huissier (qu'il recevait lui-même), que l'on
revînt aux procédés préventifs employés par lui pendant son
administration.

Raconter ce qu'a été et ce qu'a fait M. Bayssellance à la tête
du Comité bordelais, ce serait faire l'historique de ce comité lui-
même. Or, ce n'est pas ma tâche d'aujourd'hui.

Un président de Comité de vigilance doit être un homme à la
fois ferme et doux, énergique et bienveillant; il doit être un
homme d'opinion et cependant n'effaroucher aucune autre
opinion; il doit être un homme actif et cependant développer
l'initiative. En un mot, il doit être un homme aimé, respecté,
estimé de tous, avant de prendre place au fauteuil. Il doit le
rester pendant qu'il y est surtout.

Nous pouvons dire que M. Bayssellance a été cet homme-là.
Combien de fois ne l'avons-nous pas vu à nos séances, souvent
mensuelles, à l'Athénée municipal de Bordeaux, défendant parfois les pornographes eux-mêmes contre le zèle quelquefois mal

éclairé de certains d'entre nous? Il savait ramener les choses à leur juste mesure, et soit que nous pestions contre les pourrisseurs publics ou les pouvoirs publics, il savait, délicatement, avec justice, mettre toutes choses au point. A nos séances, jamais de discussions aigres-douces, provenant de malentendus ou d'ambition. Et cependant nous étions là, autour de lui, des hommes de tous les partis politiques et de toutes les opinions religieuses, et des hommes d'action. M. Bayssellance, par son calme fait de sérénité, d'expérience par sa bonté, sa douceur de tempérament, nous enseignait non seulement la tolérance, mais le respect, l'affection devrais-je dire pour être exact. Au contact de cette grande âme et de ce grand cœur, nous avons appris à nous connaître et à nous aimer les uns les autres. Je sais bien que l'œuvre poursuivie ensemble n'invitait pas à la recherche de privilèges. Aussi, notre vénéré et regretté président n'a jamais eu besoin de nous rappeler à l'humilité : il nous en donnait l'exemple.

Parmi toutes les nombreuses activités qu'il a si noblement et si infatigablement remplies pendant sa vie, c'est bien celles de la lutte contre l'immoralité et pour le relèvement de la moralité publique qui lui étaient le plus chères.

Et ce sont celles-là que les journaux, en parlant de sa vie, ont le mieux passé sous silence. Comme si d'aussi grandes et nobles tâches pouvaient occuper la vie d'un homme! Il est donc juste que le *Relèvement social* les mentionne.

M. Bayssellance et ses collaborateurs, dès le début de leur action contre la licence des rues, eurent à remuer l'opinion publique et les pouvoirs publics. Ce n'était pas une petite affaire. Notre président allait du préfet au procureur général, du maire au procureur de la République, du recteur au directeur des contributions indirectes. Que de courses n'avons-nous pas faites ensemble et avec d'autres dévoués collègues du Conseil ? Quand le Théâtre-Libre venait encore à Bordeaux, M. Bayssellance était tout le jour auprès des représentants des pouvoirs publics, et combien de fois sans succès ! Il ne s'est rebuté ni des promesses des fonctionnaires publics, ni de l'indifférence de l'opinion, ni des menaces des pornographes, ni des railleries sottes et misérables de journaux locaux. Un grand devoir emplissait son cœur, et ce devoir, inlassablement, il voulait le réaliser.

Ce n'est pas sans une profonde émotion — qu'on m'excuse cette évocation — que je me rappelle sa démarche auprès de moi pour m'avoir comme collaborateur dans le Comité de vigilance. De sérieuses objections de ma part ne l'ont pas rebuté. C'était en 1901. Pendant six années, je l'ai vu de près, aux prises avec la pornographie locale, et avec celle qui nous venait de Paris. Comme plusieurs d'entre nous, il a cru, par moment, que nous n'aurions jamais le dessus à Bordeaux ; et parfois, on sentait dans l'inutilité apparente de ses efforts et de ses démarches comme un profond découragement et un non moins profond dégoût devant tant d'indifférence et devant tant d'immoralité. Et cependant il avait foi. Malgré son grand calme et sa grande bienveillance, il savait parfois être très sévère. La lettre qu'il adressait le 27 juillet 1904 au garde des sceaux pour demander une répression plus efficace contre la pornographie en est une preuve. Il ne craignit point de s'élever hautement contre la lenteur ou l'inertie du pouvoir judiciaire. Il eut raison : et ce fut la fin des journaux pornographiques à Bordeaux.

Le premier Congrès national contre la pornographie l'occupa vivement, et il sut diriger ses collaborateurs pour obtenir un vrai succès.

La campagne que nous avons menée pendant les sept premiers mois de 1907 avait toute sa sympathie. Il m'y avait d'abord fortement engagé, puis encouragé, puis aidé : le 31 décembre dernier, il montait jusqu'à mon cabinet pour m'apporter comme sa bénédiction ; je devais partir trois jours après. En échangeant nos vœux mutuels, il me dit d'un ton déjà bien affaibli : « Mon cher Pourésy, vous ne me trouverez plus ici-bas quand vous reviendrez ! » Je l'ai retrouvé et, à chaque retour de voyage, j'allais lui rendre compte de ce qui s'était passé. La visite durait une heure parfois, et il me retenait toujours plus longtemps pour que je lui dise les résultats de notre campagne.

Dans les premiers jours de février, il présida la dernière de nos séances du Comité. Il faisait froid, très froid ; la séance avait duré longtemps ; il montrait tout l'intérêt qu'il apportait à la moralisation de la France, en quittant son foyer chaud pour rester deux heures dans une salle froide. Nous le voyions déjà touché. Maintenant cette grande âme, ce cœur ardent, généreux, loyal et bon, se trouve auprès du Dieu de justice et d'amour qu'il a aimé et servi sur la terre dans la personne de ses frères. Nous, nous voulons rester pour continuer à semer dans le sillon qu'il a tracé et dans lequel il nous a lui-même engagé.

(Extrait du *Relèvement social* du 15 août 1907.)   E. POURÉSY.

Adrien Bayssellance

Ancien maire de Bordeaux

Monsieur le Maire,

Mes chers Collègues,

Le 25 juillet dernier, Bordeaux perdait l'un de ses anciens maires les plus sympathiques et dévoués, M. Bayssellance.

Jean-Adrien Bayssellance naquit à la Négrie, commune de Queyssac (Dordogne), le 24 mai 1829.

Il entra à l'École polytechnique d'où il sortit avec le titre d'ingénieur des constructions navales. Il occupa de 1872 à 1877 les fonctions de chef du service des constructions navales à Bordeaux et du service forestier du bassin de la Gironde.

Après avoir pris sa retraite en octobre 1877, il se présenta, l'année suivante, aux élections municipales; il fut élu et nommé adjoint aux travaux publics.

Réélu, le premier sur la liste, aux élections de 1888, il devint maire de Bordeaux. Dans ses nouvelles fonctions administratives, M. Bayssellance s'est montré, a pu dire notre collègue M. Bellocq, « l'un des membres les plus distingués, les plus compétents et les plus dévoués du Conseil municipal de Bordeaux. »

Il a laissé, ajoute un éminent publiciste, « la réputation d'un magistrat actif, éclairé, probe et désintéressé. » Et nous, mes chers Collègues, nous dirons de M. Bayssellance, ancien maire, qu'il a mis au service de la ville de Bordeaux, « comme administrateur, l'énergie de sa volonté et de la sûreté de son jugement, en laissant partout la trace de la dignité de son caractère et de la générosité de ses sentiments. »

L'administrateur était en effet doublé d'un philanthrope. Quelle belle existence fut celle « de ce laborieux, de cet esprit épris des plus nobles pensées, de ce cœur ouvert aux plus généreuses aspirations ! » Sa vie peut se résumer en quatre mots : Science, Bienfaisance, Philanthropie, Charité.

M. Bayssellance « n'aimait que les choses grandes, nobles et pures de l'existence ».

« Comme ingénieur en chef de la marine, conseiller municipal et maire de notre Cité, il a mis son honneur à étendre chaque jour les notions de son devoir, et il n'a cessé de servir l'État et la ville de Bordeaux que pour devenir un serviteur de l'humanité. »

Pour comprendre comment M. Bayssellance entendait son devoir social, « il faudrait faire ici l'histoire de toutes les œuvres charitables et philanthropiques dont il a été le créateur ou l'âme » :

Vice-Président de l'Œuvre de l'hospitalité de nuit ;

L'un des premiers membres de la Société des ambulances urbaines ;

Ancien Président de la Société Philomathique ;

Président du Comité départemental des habitations à bon marché ;

Président fondateur de l'Œuvre bordelaise des bains-douches à bon marché ;

Président du Comité de vigilance pour la protection morale de la jeunesse et la répression de la licence des rues ;

Administrateur du Dépôt de mendicité ;

Président du Groupe girondin de l'Association française pour l'avancement des sciences ;

Président de la Société d'anthropologie ;

Président du Sport nautique de la Gironde ;

Président de la Section du Sud-Ouest du Club Alpin français.

Membre des plus actifs de la Société de géographie commerciale et de l'œuvre sociale et démocratique par excellence : « les Jardins ouvriers, » à l'extension desquels la Ville est heureuse de contribuer par ses subventions.

« La noblesse d'une vie simple et unie, mais consacrée tout entière au devoir, au devoir public et au devoir privé, à la pratique infatigable du bien, à la solidarité sociale et humaine, à la recherche, en un mot, de tout ce qui peut relever les conditions matérielles et morales de l'homme, » devait appeler sur le nom de M. Bayssellance l'attention de la Société nationale d'Encouragement au Bien qui lui décerna, en 1904, la plus haute de ses récompenses : la Couronne civique.

Lors de l'inoubliable manifestation en l'honneur de M. Adrien Bayssellance qui eut lieu le 5 février 1905, dans la salle Franklin, M. Juillet Saint-Lager, parlant au nom de la Société nationale d'Encouragement au Bien, « cette chercheuse d'actions de mérite et d'hommes de cœur, » expliqua son choix dans les termes suivants: « L'homme et sa vie s'offraient à elle en toute clarté. Ils témoignaient l'un et l'autre de l'effort obstiné à donner plus d'hygiène morale et plus de santé physique à des concitoyens bien aimés, à développer, à exalter pour ainsi dire leur âme et leur corps, à les diriger d'une main plus énergique vers cet idéal éternel qui est le bien. »

Comme la phrase précitée justifie bien la strophe suivante de la poésie de Mlle Dou, dédiée à M. Bayssellance:

> Or, c'était le récit d'une vie admirable:
> Un homme avait passé. Brillant autour de lui,
> La grande Charité, comme un flambeau qui luit,
> L'avait accompagné d'un pas invariable.
> Et pendant quarante ans, sans se lasser jamais,
> Ils allèrent semant la douceur et la paix.

Si cela est bien écrit, c'est surtout véritablement dit.

C'est au nom de la grande Charité, je veux dire « au nom du Comité d'organisation choisi par toutes ces œuvres d'initiative privée de bienfaisance, d'assistance, d'hygiène ou de charité, en un mot, de ces œuvres de solidarité et de fraternité humaines qui constituent l'un des plus beaux fleurons de la couronne de Bordeaux », que M. Charles Cazalet offrit ce même jour à M. Bayssellance: *La Renommée* (œuvre du regretté Barrias).

Le Gouvernement ne resta pas indifférent à tant de manifestations sympathiques. Il voulut, à son tour, récompenser l'homme de bien, le grand citoyen. Au nom de la République, il décerna la croix de commandeur de la Légion d'honneur à M. Bayssellance, « qui fut l'un de ses partisans les plus fermes et les plus sûrs. »

Non seulement M. Bayssellance a été un ferme et sûr républicain, mais aussi un républicain libéral.

Dans l'une des excursions faites par le Club Alpin sous sa direction, j'ai été témoin d'un acte qui décelait en M. Bayssellance un esprit élevé, tolérant et respectueux de toutes les convictions. C'est ainsi que cet homme éminent avait su conquérir l'estime et l'affection de ses collègues dans toutes les œuvres qui avaient l'honneur de le posséder dans leur sein. D'ailleurs, quiconque approchait M. Bayssellance était séduit par l'aménité de son caractère, la droiture de son jugement, le libéralisme de son esprit et la générosité de son cœur.

Voilà, mes chers Collègues, ce que fut cet ancien maire de Bordeaux dont notre ville a le droit d'être fière, ce grand citoyen qui a voulu jusqu'à son dernier jour travailler pour la cause de l'humanité, « me proposant, dit-il à ses amis qui l'entouraient dans la salle Franklin, de poursuivre l'idéal que donne Legouvé à la fin de sa poésie :

> S'affaiblir sans faiblir, décliner sans se plaindre.
> L'esprit toujours serein, l'âme calme, s'éteindre
> En laissant sa mémoire en exemple après soi.
> Voilà quel est mon rêve, O Dieu bon, aide-moi ! »

C'est pour voir réaliser le désir de notre ancien maire de s'éteindre

En laissant sa mémoire en exemple après soi

que j'ai voulu retracer devant vous les grandes pages d'une vie si bien remplie.

Si j'ai réussi, ne m'attribuez aucun mérite : les sentiments que j'ai exprimés ne me sont pas seulement personnels, ils sont aussi ceux d'hommes éminents, des Casimir-Perier, des Decrais et autres, dont j'ai reproduit textuellement certaines parties des discours qu'ils ont prononcés pour rendre un hommage public à M. Bayssellance.

Mon rapport est un simple recueil de citations. Je n'ai pas voulu qu'il en fût autrement, afin de grandir à vos yeux, si cela était possible, l'ancien maire et le philanthrope que nous voulons honorer en M. Bayssellance.

Adressons, mes chers Collègues, le témoignage ému de nos condoléances à la veuve de M. Bayssellance. Gardons avec orgueil la mémoire de notre ancien maire, mémoire que nous perpétuerons dans l'esprit des générations en donnant à l'une des voies de la cité le nom d'Adrien Bayssellance.

C'est le vœu, Monsieur le Maire et mes chers Collègues, que j'ai l'honneur de vous présenter. En l'adoptant, nous accomplirons un acte de gratitude.

Georges MANHES,
Conseiller municipal.

LE MAIRE. — L'Administration municipale s'associe à l'éloge bien mérité que M. Manhes vient de faire de notre ancien maire et mon ancien collègue, M. Adrien Bayssellance. Nous nous ferons un devoir de donner, le plus tôt possible, satisfaction au vœu qui vient d'être exprimé. Le Conseil municipal, nous en avons la certitude, s'y associera comme nous. *(Marques générales d'adhésion.)*

(Séance du Conseil municipal de Bordeaux
du samedi 24 août 1907,
présidée par M. Daney, maire.)

M. Adrien Bayssellance

ÉTAIT

Président de la section du Sud-Ouest du Club Alpin français ; — de l'Œuvre des bains-douches à bon marché ; — du Comité départemental des habitations à bon marché ; — du Sport nautique de la Gironde ; — du Comité de vigilance contre la licence des rues ; — des Débits de tempérance.

Membre de la Commission administrative du Dépôt de mendicité.

Fondateur et Président d'honneur de l'Office central de la charité bordelaise.

Président d'honneur de l'Œuvre d'assistance par le travail ; — du Comité girondin de l'Alliance d'hygiène sociale.

Membre fondateur de la Crèche de La Bastide ; — de la Société bordelaise des habitations à bon marché et des jardins ouvriers ; — de la Société contre la traite des blanches.

Vice-président de l'Œuvre bordelaise d'hospitalité de nuit.

Ancien président de la Société Philomathique, de la Société des sciences physiques et naturelles, du Groupe girondin de l'Association française pour l'avancement des sciences, de la Société d'anthropologie et de la Société d'hygiène publique.

Membre du Comité départemental de la Gironde de la Société de secours aux blessés et des Ambulances urbaines.

Vice-président du Comité de patronage du pont à transbordeur.

Membre du Conseil d'administration de la Société bordelaise de crédit industriel, commercial et de dépôts.

TABLE DES MATIÈRES

Allocution prononcée aux obsèques de M. Adrien Bayssellance
le 29 juillet 1907, au Temple de la rue du Hâ, à Bordeaux,
par M. le pasteur Morize.   3

Obsèques de M. Bayssellance *(Petite Gironde)*.   9

Notre Président (Charles Cazalet)   11

Extrait du journal *Le Protestant*, 10 août 1907 (E. Paris). . . .   13

Le " Camarade ".   19

Extrait du journal *L'Avenir de la Mutualité*, 4 août 1907. . . .   21

Extrait du journal *Le Huguenot*, 5 août 1907 (J. Cadène). . . .   23

Extrait du journal *L'Effort*, 10 août 1907 (C. de Boeck)   24

La lutte contre les publications pornographiques à Bordeaux (1891)   26

M. Bayssellance, président de la Section du Sud-Ouest du Club
Alpin français (D.-G. Mestrezat)   28

Poésie dite par M. Bayssellance le 31 janvier 1907 au banquet de
la Section du Sud-Ouest du Club Alpin français (Pasteur
Vidal, de Bergerac)   29

M. Bayssellance, fondateur et président d'honneur de l'Office
central de la charité bordelaise (Henri Rödel)   31

M. Bayssellance, président du Comité de vigilance pour la protection morale de la jeunesse et la répression de la licence
des rues (E. Pourésy). Extrait du *Relèvement social* du
15 août 1907   34

Au Conseil municipal de Bordeaux (séance du 24 août 1907),
M. Georges Manhes, conseiller municipal   37

M. Alfred Daney, Maire   41

M. Adrien Bayssellance était.   42

BORDEAUX. — IMPR. G. GOUNOUILHOU, RUE GUIRAUDE, 9-11.

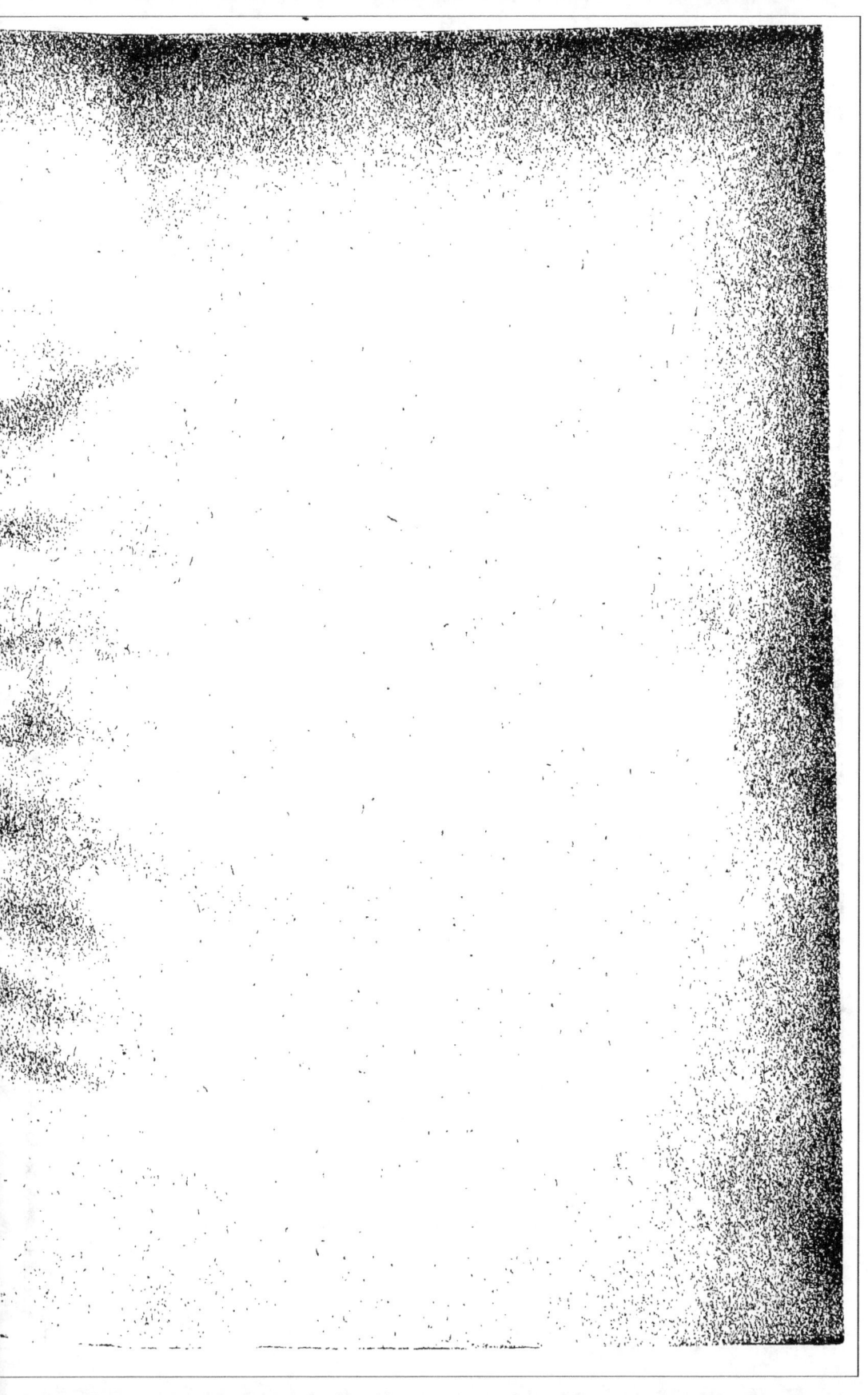

www.ingramcontent.com/pod-product-compliance
Lightning Source LLC
Chambersburg PA
CBHW061648180626
46818CB00003B/1001